CONTENTS

Conversational Portuguese Dialogues

50 PORTUGUESE CONVERSATIONS TO EASILY IMPROVE YOUR VOCABULARY & BECOME FLUENT FASTER

CONVERSATIONAL PORTUGUESE DUAL LANGUAGE

BOOKS VOL. 1

TOURI

https://touri.co/

ISBN: 978-1-953149-21-3

FREE AUDIOBOOKS

Touri has partnered with AudiobookRocket.com!

If you love audiobooks, here is your opportunity to get the NEWEST audiobooks completely FREE!

Thrillers, Fantasy, Young Adult, Kids, African-American Fiction, Women's Fiction, Sci-Fi, Comedy, Classics and many more genres!

Visit AudiobookRocket.com!

RESOURCES

TOURI.CO

Some of the best ways to become fluent in a new language is through repetition, memorization and conversation. If you'd like to practice your newly learned vocabulary, Touri offers live fun and immersive 1-on-1 online language lessons with native instructors at nearly anytime of the day. For more information go to Touri.co now.

FACEBOOK GROUP

Learn Spanish - Touri Language Learning

Learn French - Touri Language Learning

YOUTUBE

Touri Language Learning Channel

ANDROID APP

Learn Spanish App for Beginners

BOOKS

SPANISH

Conversational Spanish Dialogues: 50 Spanish Conversations and Short Stories

Spanish Short Stories (Volume 1): 10 Exciting Short Stories to Easily Learn Spanish & Improve Your Vocabulary

Spanish Short Stories (Volume 2): 10 Exciting Short Stories to Easily Learn Spanish & Improve Your Vocabulary

Intermediate Spanish Short Stories (Volume 1): 10 Amazing Short Tales to Learn Spanish & Quickly Grow Your Vocabulary the Fun Way!

Intermediate Spanish Short Stories (Volume 2): 10 Amazing Short Tales to Learn Spanish & Quickly Grow Your Vocabulary the Fun Way!

100 Days of Real World Spanish: Useful Words & Phrases for All Levels to Help You Become Fluent Faster

100 Day Medical Spanish Challenge: Daily List of Relevant Medical Spanish Words & Phrases to Help You Become Fluent

FRENCH

Conversational French Dialogues: 50 French Conversations and Short Stories

French Short Stories for Beginners (Volume 1): 10 Exciting Short Stories to Easily Learn French & Improve Your Vocabulary

French Short Stories for Beginners (Volume 2): 10 Exciting Short Stories to Easily Learn French & Improve Your Vocabulary

ITALIAN

Conversational Italian Dialogues: 50 Italian Conversations and Short Stories

GERMAN

Conversational German Dialogues: 50 German Conversations and Short Stories

WANT THE NEXT PORTUGUESE BOOK FOR FREE?

https://touri.co/premium-access-portuguese-dialogues/

Introduction

So you're ready to take the plunge and learn Brazilian Portuguese? What an excellent choice you have made to expand your horizons and open more doors to opportunities in your life.

If this is your first time or a continuation of your Portuguese learning journey, we want you to know that we're proud of you. In this book you will find dialogues based on Brazilian Portuguese that will assist you in forming the foundation you need to fluency.

Portuguese is an ancient language with a rich history and the seventh-most spoken language in the world. A Romance language rooted in Portugal after Latin was brought there by Roman settlers in the third century BCE.

Although Portguese originated in Portugal, interestingly enough only a small fraction (about 5%) of present-day Portuguese speakers live in the country where it all began. Did you know that there are actually more Portuguese speakers in Brazil than in all of the other countries where Portuguese is spoken -- combined? Were you aware that hundreds of Portuguese words derive from Arabic?

Spanding across 8 countries Portuguese is the official language of Portugal, Brazil, Angola, Cape Verde, East Timor, Guine-Bissau, Mozambique and São Tomé e Príncipe.

The ability to communicate in a foreign language will allow you to truly immerse yourself in different cultures, create even more memorable travel experiences and become more marketable for career opportunities.

It is human nature to naturally progress and learn from the day we are born. Since birth we have been shaping our preferences based on our previous experiences. These experiences have provided you important feedback about your likes, dislikes, what has made you better or worse and allowed you to learn from these lessons.

The same process should be taken to learn a language.

Our goal with this book is to provide engaging and fun learning material that is relevant and useful in the real Portuguese-speaking world. Some students are provided with difficult or boring language materials that cause the learner to become overwhelmed and give up shortly after.

Building a strong foundation of vocabulary is critical to your improvement and reaching fluency. We *guarantee* you that this book is packed with vocabulary and phrases that you can start using today.

WHAT THIS BOOK IS ABOUT & HOW IT WORKS

NOTE: This book is based on **Brazilian Portguese**.

A sure-fire way to exponentially decrease your time to Portuguese fluency is to role play with key words and phrases that naturally occur in actual scenarios you experience on a daily basis.

This book has 50 examples of conversations, written in both Brazilian Portuguese and English so you never feel lost in translation, and will ensure you boost your conversational skills quickly.

You will find each chapter different from the last as two or more characters interact in real life scenarios. You will soon learn how to ask for directions, send a package at the post office, call for help, introduce yourself and even order at a restaurant.

Sometimes a direct translation does not make sense in to and from each language. Therefore, we recommend that you read each story in both languages to ensure understanding what is taking place.

TIPS FOR SUCCESS

No doubt you can pick up this book at anytime to reference a situation that you may be in. However, in order to get the most out of this book, there is an effective approach to yield the best results.

1. **Role-play:** Learning takes place when activities are engaging and memorable. Role-play is any speaking activity when you either put yourself into someone else's shoes, or when put yourself into an imaginary situation and act it out.

2. **Look up vocab:** At some points there may be a word or phrase that you don't understand and that's completely fine. As we mentioned before, some of the translations are not word-for-word in order for the conversations to remain realistic in each language. Therefore, we recommend that you look up anything that is not fully clear to you.

3. **Create your own conversations:** After going through all of the stories we invite you to create your own by modifying what you already read. Perhaps you order additional items while at a restaurant or maybe you have an entirely different conversation over the phone. Let your imagination run wild.

4. **Seek out more dialogues:** Don't let your learning stop here. We encourage you to practice in as many ways as possible. Referencing your newly learned phrases and vocabulary, you can test your comprehension with Portuguese movies and television shows. Practice, practice, practice will give you the boost to fluency.

Focus on building your foundation of words and phrases commonly used in the real world and we promise your results will be staggering! Now, go out into the world, speak with confidence and in no time native speakers will be amazed by your Portguese speaking skills.

Good luck!

SURVIVAL PHRASES

1. ***Oi, tudo bem?***
   Hi, everything is well?

2. ***Bom dia***
   Good morning.

3. ***Boa tarde***
   Good afternoon

4. ***Boa noite***
   Good night

5. ***Obrigado***
   Thank you

6. ***Por favor***
   Please

7. ***Oi!***
   Hello

8. ***Adeus***
   Goodbye

9. ***Eu quero ...***
   I want

10. ***Onde fica ...?***
    Where is ...?

11. ***Não sei***
    I don't know

12. ***Entendo***
    I understand

13. ***Com licença***
    Excuse me

14. ***Me desculpe***
    Sorry

15. ***Qual é o seu nome?***
    What is your name?

16. ***De onde você é?***
    Where are you from?

17. ***Quantos anos você tem?***
    How old are you?

18. ***Você fala inglês?***
    Do you speak English?

19. ***Você fala português?***
    Do you speak Portuguese?

20. ***Como se diz ... em português? (formal)***
    How do you say?

21. ***Quanto custa?***
    How much is this?

22. ***Me deixe em paz!***
    Leave me alone!

23. ***Ajuda!***
    Help!

24. ***Há quanto tempo você está no Brasil?***
    How long have you been in Brazil?

25. _Você está com fome?_
Are you hungry?

26. _Com certeza!_
Of course!

27. _Muito prazer_
Nice to meet you

28. _Estou perdido_
I'm lost

29. _As melhoras!_
Get well soon

30. _Sim, um pouco_
Yes, a little

31. _Tenha você um bom dia_
Have a nice day

32. _Boa sorte_
Good luck

33. _Eu me chamo ..._
My name is ...

34. _Quanto tempo!_
Long time no see!

35. _Como está?_
How are you?

36. _Por favor fale mais lentamente_
Please speak more slowly

37. _Você pode escrever isso p'ra (para) mim por favor?_
Please write it down

38. *Fale comigo em português*
Speak to me in Portuguese

39. *Chame a polícia! (formal)*
Call the police!

40. *Pare!*
Stop!

1. Cumprimento Formal – Formal Greeting

Pedro: Bom dia, professor Carlos, como você está?

Professor Carlos: Bom dia Pedro. Estou bem. E você?

Pedro: Estou bem, obrigado. Esta é minha amiga Clarissa. Ela está pensando em se inscrever nessa universidade. Ela tem algumas perguntas. Você se importaria de nos contar sobre o processo, por favor?

Professor Carlos: Olá, Clarissa! É um prazer conhecer você. Estou mais do que feliz em falar com você. Por favor, vá ao meu escritório na próxima semana.

Clarissa: É um prazer conhecê-lo, professor. Muito obrigada por nos ajudar.

Professor Carlos: Claro. Espero poder responder às suas perguntas!

FORMAL INTRODUCTION

Pedro: Good morning, Professor Carlos, how are you doing?

Professor Carlos: Good morning, Pedro. I am doing well. And you?

Pedro: I'm well, thank you. This is my friend Clarissa. She is thinking about applying to this university. She has a few questions. Would you mind telling us about the process, please?

Professor Carlos: Hello, Clarissa! It's a pleasure to meet you. I'm more than happy to speak with you. Please stop by my office next week.

Clarissa: It's a pleasure to meet you, professor. Thank you so much for helping us.

Professor Carlos: Of course. Hopefully, I will be able to answer your questions!

2. Cumprimento Informal – Informal Greeting

João: Quem é a mulher alta ao lado de Bárbara?

Christiano: É a amiga dela, Maria. Você não a conheceu na festa de Estevão?

João: Não, eu não estava na festa do Estevão.

Christiano: Oh! Então me deixe apresentá-la a ela agora. Maria, esse é meu amigo João.

Maria: Oi, João. Prazer em conhecê-lo.

João: Você também. Gostaria de uma bebida?

Maria: Claro, vamos pegar uma.

INFORMAL GREETING

João: Who's the tall woman next to Bárbara?

Christiano: That's her friend Maria. Didn't you meet her at Estevão's party?

João: No, I wasn't at Estevão's party.

Christiano: Oh! Then let me introduce you to her now. Maria, this is my friend João.

Maria: Hi, João. Nice to meet you.

João: You, too. Would you like a drink?

Maria: Sure, let's go get one.

3. Uma Chamada Telefônica – A Telephone Call

João: Olá, Alice, é o João. Como você está?

Alice: Ah, oi, João! Eu estava pensando em você agora mesmo.

João: Legal. Eu queria saber se você gostaria de ir ao cinema hoje à noite.

Alice: Claro, eu adoraria! Qual filme você quer ver?

João: Eu estava pensando na nova comédia *Turn Off the Lights*. O que você acha?

Alice: Parece ótimo!

João: Ok, eu vou buscá-la por volta das 7:30. O filme começa às 8:00.

Alice: Até logo. Tchau!

A Telephone call

João: Hi, Alice, it's João. How are you?

Alice: Oh, hi, João! I was just thinking about you.

João: That's nice. I was wondering if you'd like to go to a movie tonight.

Alice: Sure, I'd love to! Which movie do you want to see?

João: I was thinking about that new comedy *Turn Off the Lights.* What do you think?

Alice: Sounds great!

João: Ok, I'll pick you up around 7:30. The movie starts at 8:00.

Alice: See you then. Bye!

4. Que Horas São? – What Time Is It?

Natasha: Que horas são? Vamos nos atrasar!

Tony: São quinze para as sete. Estamos no horário. Não entre em pânico.

Natasha: Mas eu pensei que nós tínhamos que estar no restaurante às 7:30 para a festa surpresa. Nós nunca chegaremos lá com todo esse trânsito.

Tony: Tenho certeza que sim. A hora do rush está quase no fim. De qualquer forma, a festa começa às 8:00.

Mas eu preciso de ajuda com instruções. Você pode ligar para o restaurante e perguntar onde estacionamos nosso carro?

Natasha: Claro.

WHAT TIME IS IT?

Natasha: What time is it? We're going to be late!

Tony: It's a quarter after seven. We're on time. Don't panic.

Natasha: But I thought we had to be at the restaurant by 7:30 for the surprise party. We'll never make it there with all this evening traffic.

Tony: I'm sure we will. Rush hour is almost over. Anyway, the party starts at 8:00.

But I do need help with directions. Can you call the restaurant and ask them where we park our car?

Natasha: Of course.

5. Você Pode Dizer Isso De Novo? – Can You Say That Again?

Lucas: Alô? Oi, Stephanie, como estão as coisas no escritório?

Stephanie: Oi, Lucas! Como você está? Você pode, por favor, parar na loja e pegar papel extra para a impressora?

Lucas: O que você disse? Você pode repetir, por favor? Você disse para pegar tinta para a impressora? Desculpe, a ligação está cortando.

Stephanie: Você pode me ouvir agora? Não, preciso de mais papel de impressora. Escuta, vou te mandar exatamente o que eu preciso. Obrigada, Lucas. Falo com você mais tarde.

Lucas: Obrigado, Stephanie. Desculpe, meu celular tem uma péssima recepção aqui.

Can You Say That Again?

Lucas: Hello? Hi, Stephanie, how are things at the office?

Stephanie: Hi, Lucas! How are you? Can you please stop at the store and pick up extra paper for the printer?

Lucas: What did you say? Can you repeat that, please? Did you say to pick up ink for the printer? Sorry, the phone is cutting out.

Stephanie: Can you hear me now? No, I need more computer paper. Listen, I'll text you exactly what I need. Thanks, Lucas.

Talk to you later.

Lucas: Thanks, Stephanie. Sorry, my phone has really bad

reception here.

6. Coincidências – Coincidences

Marcela: Olá, Júlia! Quanto tempo!

Júlia: Marcela! Oi! Que coincidência! Eu não via você há muito tempo! O que você está fazendo aqui?

Marcela: Acabei de conseguir um novo emprego na cidade, então estou comprando roupas. Ei, o que você acha dessa camisa?

Júlia: Hmmm ... Bem, você sabe o quanto eu amo azul. Olha! Eu tenho a mesma camisa!

Marcela: Você sempre teve bom gosto! Que mundo pequeno.

COINCIDENCES

24

Marcela: Well, hello there, Júlia! Long time no see!

Júlia: Marcela! Hi! What a coincidence! I haven't seen you in forever! What are you doing here?

Marcela: I just got a new job in the city, so I'm shopping for some clothes. Hey, what do you think of this shirt?

Júlia: Hmmm… Well, you know how much I love blue. See? I've got the same shirt!

Marcela: You always did have good taste! What a small world.

7. O Tempo – The Weather

Célia: Está congelando lá fora! O que aconteceu com o boletim meteorológico? Eu pensei que esta frente fria deveria passar.

Gabriela: Sim, eu também pensava assim. É o que eu li on-line esta manhã.

Célia: Eu acho que o vento está realmente diminuindo a temperatura.

Gabriela: Podemos entrar? Eu sinto que meus dedos estão começando a ficar dormentes.

The Weather

Célia: It's freezing outside! What happened to the weather report? I thought this cold front was supposed to pass.

Gabriela: Yeah, I thought so too. That's what I read online this morning.

Célia: I guess the wind chill is really driving down the temperature.

Gabriela: Can we go inside? I feel like my toes are starting to go numb.

8. Pedindo Comida – Ordering Food

Garçom: Olá, serei seu garçom hoje. O que gostariam de beber?

Caio: Eu gostaria de um chá gelado, por favor.

Ana: E eu vou querer uma limonada, por favor.

Garçom: Certo. Vocês gostariam de pedir agora ou precisam de alguns minutos?

Caio: Eu acho que vamos pedir agora. Eu vou querer a sopa de tomate para começar, e a carne assada com purê de batatas e ervilhas.

Garçom: Como você quer a carne – mal passada, ao ponto ou bem passada?

Caio: Bem passada, por favor.

Ana: E eu vou comer o peixe, com batatas e salada.

ORDERING FOOD

Waiter: Hello, I'll be your waiter today. Can I start you off with something to drink?

Caio: Yes. I would like iced tea, please.

Ana: And I'll have lemonade., please.

Waiter: Ok. Are you ready to order, or do you need a few minutes?

Caio: I think we're ready. I'll have the tomato soup to start, and the roast beef with mashed potatoes and peas.

Waiter: How do you want the beef — rare, medium, or well done?

Caio: Well done, please.

Ana: And I'll just have the fish, with potatoes and a salad.

9. Visitando O Médico – Visiting The Doctor

Médico: O que a você está sentindo?

Catarina: Bem ... eu tenho uma tosse forte e uma dor de garganta. Eu também tenho dor de cabeça.

Médico: Há quanto tempo você tem esses sintomas?

Catarina: Cerca de três dias agora. E estou muito cansada também.

Médico: Hmm ... Parece que você está com gripe. Tome aspirina a cada quatro horas e descanse bastante. Certifique-se de beber manter-se hidratada. Ligue para mim se você ainda estiver doente na próxima semana.

Catarina: Certo, obrigada.

VISITING THE DOCTOR

Doctor: What seems to be the problem?

Catarina: Well… I have a bad cough and a sore throat. I also have a headache.

Doctor: How long have you had these symptoms?

Catarina: About three days now. And I'm really tired, too.

Doctor: Hmm. It sounds like you've got the flu. Take aspirin every four hours and get plenty of rest. Make sure you drink lots of fluids. Call me if you're still sick next week.

Catarina: Ok, thank you.

10. Pedindo Direções – Asking For Directions

Marcos: Com licença. Você poderia me dizer onde fica a biblioteca?

Olívia: Claro. Você vai andar três quarteirões até a Washington Street e depois vira à direita. Fica na esquina, do outro lado do banco.

Marcos: Obrigado! Eu estou na cidade há pouco tempo, então eu ainda não sei o que fazer.

Olívia: Ah, eu sei como é. Eu e meu marido nos mudamos para cá há um ano, e eu ainda não sei me localizar direito!

Asking For Directions

Marcos: Excuse me. Could you tell me where the library is?

Olívia: Yes, it's that way. You go three blocks to Washington Street, then turn right. It's on the corner, across from the bank.

Marcos: Thanks! I've only been in town a few days, so I really don't know my way around yet.

Olívia: Oh, I know how you feel. We moved here a year ago, and I still don't know where everything is!

11. Solicitando Ajuda – Calling For Help

Paulo: Ei! Esse carro acabou de passar o sinal vermelho e bateu naquele caminhão!

Gabriela: Alguém está ferido?

Paulo: Eu não sei... vamos ligar para a emergência ... Alô? Eu gostaria de informar sobre um acidente de carro perto da agência dos correios na Houston Street. Parece que um homem está ferido. Sim, acabou de acontecer. Ok, obrigado. Tchau.

Gabriela: O que eles disseram?

Paulo: Eles vão enviar uma ambulância e um carro da polícia imediatamente.

Gabriela: Bom, eles estão aqui. Espero que o homem esteja bem.

Paulo: Você tem que ser prestar atenção enquanto está dirigindo.

CALLING FOR HELP

Paulo: Hey! That car just ran a red light and hit that truck!

Gabriela: Is anyone hurt?

Paulo: I don't know... let's call 911. ... Hello? I'd like to report a car accident near the post office on Houston Street. It looks like a man is hurt. Yes, it just happened. Ok, thanks. Bye.

Gabriela: What did they say?

Paulo: They're going to send an ambulance and a police car right away.

Gabriela: Good, they're here. I hope the man is alright.

Paulo: I know. You have to be so careful when you're driving.

12. COMPRAS – SHOPPING

Luísa: Ei, Júlia... Olha essas sobremesas! Que tal fazermos alguns biscoitos hoje?

Júlia: Hmm ... Sim, é uma ótima ideia! Enquanto estamos aqui, vamos pegar os ingredientes.

Júlia: Ok, o que precisamos?

Luísa: A receita pede farinha, açúcar e manteiga. Ah, e também precisamos de ovos e pedaços de chocolate.

Júlia: Por que você não compra os ingredientes lácteos? Você os encontrará na seção refrigerada na parte de trás da loja. Eu vou pegar os outros ingredientes. Eu acho que eles estão no corredor 10.

Luísa: Ótimo! Vamos nos encontrar no caixa.

Júlia: Certo. Te espero lá.

Shopping

Luísa: Hey, Júlia… Look at those desserts! How about baking some cookies today?

Júlia: Hmm… Yeah, that's a great idea! While we're here, let's pick up the ingredients.

Júlia: Ok, what do we need?

Luísa: The recipe calls for flour, sugar and butter. Oh, and we also need eggs and chocolate chips.

Júlia: Why don't you get the dairy ingredients? You'll find those in the refrigerated section in the back of the store. I'll get the dry ingredients. I believe they're in aisle 10.

Luísa: Great! Let's meet at the checkout.

Júlia: Ok. See you there.

13. Executando Missões – Running Errands

Recepcionista do Hotel: Olá. Como posso ajudá-la?

Clara: Bem, eu estou na cidade por alguns dias, e preciso fazer algumas coisas enquanto estou aqui.

Recepcionista do Hotel: Claro. O que você precisa?

Clara: Eu preciso cortar meu cabelo. E também preciso fazer a barra da minha calça nova.

Recepcionista do Hotel: Ok. Aqui está um mapa da cidade. Há um bom cabeleireiro aqui, que fica a apenas um quarteirão de distância. E tem um alfaiate bem aqui. Mais alguma coisa?

Clara: Sim. Preciso consertar meu carro antes de pegar a estrada de volta para casa!

Recepcionista do Hotel: Não tem problema. Há um bom mecânico a alguns quarteirões de distância.

RUNNING ERRANDS

Hotel receptionist: Hello there. How can I help you?

Clara: Well, I'm in town visiting for a few days, and I need to get some things done while I'm here.

Hotel receptionist: Sure. What do you need?

Clara: I need to get my hair cut. I also need to have my new pants hemmed.

Hotel receptionist: Ok. Here's a map of the city. There's a good hair salon here, which is just a block away. And there's a tailor right here. Is there anything else?

Clara: Yes. I'll need to get my car serviced before my long drive back home!

Hotel receptionist: No problem. There's a good mechanic a few blocks away.

14. No Correio – At The Post Office

Funcionário do Correio: Em que posso ajudá-la hoje?

Cláudia: Eu preciso enviar este pacote para Nova York, por favor.

Funcionário do Correio: Ok, vamos ver quanto pesa... são cerca de cinco quilos. Se você enviar expresso, ele chegará lá amanhã. Ou você pode enviar como prioridade e chegará lá no sábado.

Cláudia: Sábado está bom. Qual o valor?

Funcionário do Correio: $ 12,41. Você precisa de mais alguma coisa?

Cláudia: Ah sim! Eu quase esqueci. Eu preciso de alguns selos também.

Funcionário do Correio: Ok, fica um total de $ 18,94.

At The Post Office

Postal clerk: What can I help you today?

Cláudia: I need to mail this package to New York, please.

Postal clerk: Ok, let's see how much it weighs… it's about five pounds. If you send it express, it will get there tomorrow. Or you can send it priority and it will get there by Saturday.

Cláudia: Saturday is fine. How much will that be?

Postal clerk: $12.41. Do you need anything else?

Cláudia: Oh, yeah! I almost forgot. I need a book of stamps, too.

Postal clerk: Ok, your total comes to $18.94.

15. A Prova – The Exam

Isadora: Ei! Como foi a sua prova de física?

Henrique: Nada mal. Estou feliz que acabou! O que você achou da sua apresentação?

Isadora: Ah, foi muito boa. Obrigada por me ajudar!

Henrique: Não tem problema. Então... você quer estudar amanhã para a nossa prova de matemática?

Isadora Sim, claro! Venha por volta das 10h, depois do café da manhã.

Henrique: Certo. Eu vou levar minhas anotações.

Catching Up

Isadora: Hey! How did your physics exam go?

Henrique: Not bad, thanks. I'm just glad it's over! How about your... how'd your presentation go?

Isadora: Oh, it went really well. Thanks for helping me with it!

Henrique: No problem. So... do you feel like studying tomorrow for our math exam?

Isadora: Yeah, sure! Come over around 10:00 am, after breakfast.

Henrique: All right. I'll bring my notes.

16. O Súeter Perfeito – The Perfect Sweater

Vendedor: Posso ajudá-la?

Glória: Sim, estou procurando um suéter - tamanho M.

Vendedor: Vamos ver... temos este branco. O que você acha?

Glória: Eu acho que prefiro o azul.

Vendedor: Ok... aqui está azul, tamanho M. Você gostaria de experimentar?

Glória: Sim. Adorei, ele ficou perfeito. Quanto ele custa?

Vendedor: Está por $ 41. Fica por $ 50, com impostos.

Glória: Perfeito! Eu vou levar. Obrigada!

THE PERFECT SWEATER

Salesperson: Can I help you?

Glória: Yes, I'm looking for a sweater — in a size medium.

Salesperson: Let's see… here's a nice white one. What do you think?

Glória: I think I'd rather have it in blue.

Salesperson: Ok … here's blue, in a medium. Would you

like to try it on?

Glória: Ok … yes, I love it. It fits perfectly. How much is it?

Salesperson: It's $41. It will be $50, with tax.

Glória: Perfect! I'll take it. Thank you!

17. Táxi Ou Ônibus – Taxi Or Bus

Joycece: Devemos pegar um táxi ou um ônibus para o cinema?

Bruno: Vamos pegar um ônibus. É impossível pegar um táxi na hora do rush.

Joycece: Não é um ponto de ônibus ali?

Bruno: Sim ... Olha! Tem um ônibus agora. Mas vamos precisar correr para pegá-lo.

Joycece: Ai, não! O perdemos por pouco.

Bruno: Não tem problema. Um outro chega em 10 minutos.

TAXI OR BUS

Joycece: Should we take a taxi or a bus to the movie theater?

Bruno: Let's take a bus. It's impossible to get a taxi during rush hour.

Joycece: Isn't that a bus stop over there?

Bruno: Yes... Oh! There's a bus now. We'll have to run to catch it.

Joycece: Oh, no! We just missed it.

Bruno: No problem. There'll be another one in 10 minutes.

18. Quantos Anos Você Tem? – How Old Are You?

Glória: Estou muito animada para a festa de aniversário surpresa da tia Maria hoje à tarde! Você não está?

Nádia: Sim! Qual a idade dela?

Glória: Ela vai fazer 55 anos no dia 5 de maio.

Nádia: Uau! Eu não sabia que minha mãe era mais velha - ela vai fazer 58 anos no dia 9 de outubro. De qualquer forma, a tia Maria vai ficar muito surpresa de ver todos nós aqui!

Glória: Eu sei! Mas ainda temos que preparar toda a comida antes que ela chegue aqui ... Ok! Estamos todos prontos agora. Silêncio! Ela chegou!

Todos: Surpresa!

How Old Are You?

Glória: I'm really excited for Aunt Maria's surprise birthday party this afternoon! Aren't you?

Nádia: Yeah! How old is she?

Glória: She'll be 55 on May 5.

Nádia: Wow! I didn't know that my mom was older — she's going to be 58 on October 9. Anyway, Aunt Maria's going to be so surprised to see us all here!

Glória: I know! But we still have to get all the food set up before she gets here … Ok! We're all ready now. Shh! She's here!

All: Surprise!

19. No Cinema – At The Theater

Rodrigo: Gostaríamos de dois ingressos para a sessão das 3:30, por favor.

Bilheteria: Aqui está. Aproveite o filme!

[Dentro do cinema]

Rodrigo: Você se importaria de pular uma cadeira, para que meu amigo e eu pudéssemos nos sentar juntos?

Mulher: Não, de jeito nenhum.

Rodrigo: Muito obrigado!

At the Theater

Rodrigo: We'd like two tickets for the 3:30 show, please.

Ticket sales: Here you go. Enjoy the movie!

[Inside the theater]

Rodrigo: Would you mind moving over one, so my friend and I can sit together?

Woman: No, not at all.

Rodrigo: Thank you so much!

20. No Que Você É Bom? – What Are You Good At Doing?

Sandra: Então... o que gostaria de fazer?

Juliana: Bem, eu gosto de coisas criativas, e sou muito boa desenhando. O que você acha?

Sandra: Hmm... que tal algum um jogo? Isso seria mais divertido.

Juliana: Ok. Vamos jogar palavras cruzadas! Eu sou muito boa em ortografia também!

Sandra: Ah é? Vamos ver então!

WHAT ARE YOU GOOD AT DOING?

Sandra: So … what should we do?

Juliana: Well, I like to do arts and crafts, and I'm really good at drawing. What do you think?

Sandra: Hmm … how about playing a board game? That would be more fun.

Juliana: Ok. Let's play Scrabble! I'm really good at spelling, too!

Sandra: Oh, yeah? We'll see about that!

21. Qual É O Seu Esporte Favorito? – What Is Your Favorite Sport?

Paulo: Que horas é esse jogo de futebol? Eu pensei que tinha começado ao meio-dia.

Jorge: Acho que pegamos o horário errado. Ah, paciência... o futebol não é meu esporte favorito de qualquer maneira. Eu prefiro muito mais o basquete.

Paulo: Ah, é mesmo? Eu pensei que seu esporte favorito fosse o tênis! Eu sou um grande fã de basquete também.

Jorge: Que tal uma partida?

Paulo: Claro! Por que não vamos agora, já que não está passando o jogo de futebol?

Jorge: Excelente ideia. Vamos!

WHAT IS YOUR FAVORITE SPORT?

Paulo: What time is that soccer game on? I thought it started at noon.

Jorge: We must have had the wrong time. Oh, well ... soccer's not my favorite sport anyway. I much prefer basketball.

Paulo: Oh, really? I thought your favorite sport was tennis! I'm a big fan of basketball, too.

Jorge: How about a game sometime?

Paulo: Sure thing! Why don't we go shoot some hoops now since the soccer game isn't on?

Jorge: Excellent idea. Let's go.

22. Indo Assistir A Um Musical – Going To See A Musical

Sara: Que apresentação fantástica! Obrigada por me convidar para o musical.

Helena: De nada. Estou feliz que tenha gostado do show. A coreografia dos dançarinos foi incrível. Isso me lembra de quando eu dançava, muitos anos atrás.

Sara: Eu sei! Você era uma bailarina tão talentosa. Você sente falta de dançar?

Helena: Ah, é muito gentil da sua parte, Sara. Eu sinto falta às vezes. Mas sempre serei fã das artes. É por isso que adoro ir a musicais, porque é a combinação perfeita de dança, música e teatro.

Sara: Com certeza! Ainda bem que você ainda é fã de arte. Obrigada pelo convite. É sempre um prazer participar de um evento de artes com você e aprender algo novo.

GOING TO SEE A MUSICAL

Sara: What a fantastic performance! Thank you for inviting me to the musical.

Helena: You are welcome. I'm happy you enjoyed the show. The choreography of the dancers was incredible. It reminds me of when I used to dance many years ago.

Sara: I know! You were such a talented ballerina. Do you miss dancing?

Helena: Oh, that's very kind of you, Sara. I do miss it sometimes. But I will always be a fan of the arts. That's why I love going to musicals because it's the perfect combination of dance, song and theater.

Sara: Absolutely! I'm glad you are still an art fan too. Thank you for the invitation. It's always a pleasure to attend an arts event with you and learn something new.

23. Tirando Umas Férias – Taking A Vacation

Juliana: Acabei de comprar uma passagem para a cidade de Nova Iorque. Estou tão animada para ver a cidade!

Sofía: Que ótimo! Viajar é muito divertido. Adoro descobrir novos lugares e novas pessoas. Quando você viaja?

Juliana: Próxima semana. Vou no voo da madrugada. Estava mais barato. Espero que eu possa dormir no avião.

Sofía: Eu gostaria de poder ir com você! Nova Iorque é um lugar mágico. Você vai se divertir muito.

Juliana: Espero que sim. Eu vou visitar meu irmão que mora lá. Vou ficar por uma semana e depois pegar o trem para Washington, DC.

Sofía: As férias perfeitas. Estou ansiosa para poder passar uma semana na praia, durante as minhas férias de verão. Eu só quero relaxar!

TAKING A VACATION

Juliana: I just bought a ticket to New York City. I'm so excited to see the city!

Sofía: Good for you! Traveling is so much fun. I love discovering new places and new people. When are you leaving?

Juliana: Next week. I'm taking the red eye. It was cheaper. Hopefully, I'll be able to sleep on the plane.

Sofía: I wish I could go with you! New York City is a magical place. You will have so much fun.

Juliana: I hope so. I'm going to visit my brother who lives there. I will stay for a week and then take the train down to Washington, DC

Sofía: That sounds like a great vacation. I'm looking forward to a week at the beach for my summer vacation. I just want to relax.

24. Na Loja De Animais De Estimação – At The Pet Store

Cláudia: Que gato lindo! O que você acha?

Guilherme: Eu acho que prefiro ter um cachorro. Cães são mais leais que gatos. Gatos são preguiçosos.

Cláudia: Sim, mas eles precisam de muita atenção! Você estaria disposto a andar com ele todos os dias? E limpar tudo depois?

Guilherme: Hmm. Você tem razão. Que tal um pássaro? Ou um peixe?

Cláudia: Teríamos que investir muito dinheiro em uma gaiola ou tanque de peixes. E eu sinceramente não sei como cuidar de um pássaro ou de um peixe!

Guilherme: Bem, obviamente não estamos prontos para termos um bichinho de estimação.

Cláudia: Haha... Sim, você está certo. Vamos pegar algo para comer e conversamos sobre isso.

AT THE PET STORE

Cláudia: What a beautiful cat! What do you think?

Guilherme: I think I'd rather get a dog. Dogs are more loyal than cats. Cats are just lazy.

Cláudia: Yes, but they need so much attention! Would you be willing to walk it every single day? And clean up after it?

Guilherme: Hmm. Good point. What about a bird? Or a fish?

Cláudia: We'd have to invest a lot of money in a cage or a fish tank. And I honestly don't know how to take care of a bird or a fish!

Guilherme: Well, we're obviously not ready to get a pet yet.

Cláudia: Haha ... Yeah, you're right. Let's get some food and talk about it.

25. Expressando Sua Opinião – Expressing Your Opinion

José: Onde devemos tirar férias este ano? Precisamos decidir em breve.

Melissa: Bem, eu gostaria de ir a algum lugar quente. Que tal uma praia? Ou poderíamos alugar uma cabana no lago.

José: Você quer ir para a praia novamente? Eu quero esquiar neste inverno. Podemos negociar e viajar para as Montanhas Rochosas no Colorado em Abril? Há belos resorts de esqui lá.

Melissa: Ah, nunca fomos ao Colorado antes! Mas eu não sei se estará ensolarado e quente na época. Eu preciso fazer uma pesquisa primeiro. Isso me ajudará a tomar uma decisão.

EXPRESSING YOUR OPINION

José: Where should we take a vacation this year? We need to decide soon.

Melissa: Well, I'd like to go somewhere warm. How about the beach? Or we could rent a cabin on the lake.

José: You want to go to the beach, again? I want to ski this winter. We can compromise and travel to the Rocky Mountains in Colorado next April? There are beautiful ski resorts there.

Melissa: Oh, we've never been to Colorado before! But I don't know if it will be sunny and warm then. I need to do some research first. That will help me make a decision.

26. Hobbies

Roberto: Estou tão feliz que esta semana de provas do semestre tenha terminado.

Tiago: Eu também. Estou ansioso para relaxar nas montanhas neste fim de semana. Eu planejei uma caminhada na floresta. Além disso, se o tempo estiver bom, eu irei fazer canoagem rio abaixo.

Roberto: Ah, que divertido! Eu estou indo para o Colorado. Vou levar minha câmera, porque o outono está chegando rápido. As folhas já estão mudando para todos os tons de vermelho e laranja. Vai ser incrível.

Tiago: Da próxima vez que você for lá, eu vou com você. Ouvi dizer que o Colorado é um ótimo lugar para praticar canoagem.

HOBBIES

Roberto: I'm so happy this week of midterm exams is finished.

Tiago: Same here. I'm looking forward to relaxing in the mountains this weekend. I've planned a nice little hike in the woods. Also, if the weather is good, I'm going to go canoeing down the river.

Roberto: Oh, how fun! I'm going to Colorado. I'm taking my camera because fall is coming fast. The leaves are already turning all shades of red and orange. It will be awesome.

Tiago: Next time you go there, I'll join you. I've heard Colorado is a great place to go canoeing.

27. O Casamento – The Wedding

Angélica: A noiva não está linda nesse vestido?

Maria: Sim. Ela está incrível. E o noivo é tão romântico.

Acabei de ouvir a história de como eles ficaram noivos! Ele propôs a ela durante um jantar à luz de velas em Praga. Foi lá que eles foram para a escola.

Angélica: Ah é? Maravilhoso. E a lua de mel? Que grande ideia! A maioria das pessoas só vai à praia por uma semana depois casados. Eu acho tão sem graça. Em vez disso, eles planejam ir para a Califórnia e cruzar a costa de motocicleta.

Maria: Realmente! Que ideia fantástica. Este é de longe o melhor casamento que eu já estive na minha vida!

THE WEDDING

Angélica: Doesn't the bride look beautiful in that wedding dress?

Maria: Yes. She looks amazing. And the groom is such a romantic.

I just heard the story of how they got engaged! He proposed to her during a candlelight dinner in Prague. That was where they went to school.

Angélica: Oh yea? Wonderful. And the honeymoon! What a great idea! Most people just go to the beach for a week after they tie the knot. I think that's such a boring idea. Instead, they plan on going to California and cruising the coast on their motorcycle.

Maria: Really! What a fantastic idea. This is by far the best wedding I've ever been to in my life!

28. Dando Conselhos – Giving Advice

Leila: Obrigada por se encontrar comigo durante a sua hora de almoço. Eu agradeço.

Mônica: Não tem problema. Estou feliz em ajudar. O que está acontecendo?

Leila: Ah você sabe, o de sempre. Tenho que decidir em breve... Devo aceitar esse novo emprego? Ou eu fico com o meu atual?

Mônica: Bem, acho que é hora de mudar, não é? Eles te pagam com atraso e você está infeliz. Isso são mais do que razões suficientes para deixar o seu emprego.

Leila: Você acha mesmo?

Mônica: Eu acho. E eu estou ouvindo você reclamar há mais de um ano. Confie em mim. Aceite o trabalho. O que você tem a perder?

Leila: Ok, você me convenceu. Você sempre me dá os melhore conselhos.

GIVING ADVICE

Leila: Thanks for meeting with me during your lunch hour. I appreciate it.

Mônica: No problem. I'm happy to help. What's happening?

Leila: Oh you know, the usual. I have to decide soon... Should I take this new job? Or do I stick with my current one?

Mônica: Well, I think it's time for a change, don't you? They pay you late and you are unhappy. That's more than enough reasons to quit your job.

Leila: Do you really think so?

Mônica: I know so. And I've been listening to you complain for over a year now. Trust me. Take the job. What do you have to lose?

Leila: Ok, you convinced me. You have always given me the best advice.

29. Ensinando Crianças – Teaching Children

Samuel: Oi Joaquim, como foi seu dia?

Joaquim: Oi Samuel, onde você esteve? Eu estive procurando por você.

Samuel: Você não vai acreditar na experiência que acabei de ter. Passei o dia todo com várias crianças!

Joaquim: Parece divertido. Me conte mais.

Samuel: Sim, foi um ótimo momento... mas foi muito cansativo! Eu não percebi que as crianças têm tanta energia.

Joaquim: Onde você conheceu todas essas crianças?

Samuel: Em uma escola primária em Chicago. Eu tive a oportunidade de visitar algumas aulas pela manhã. Depois disso, ensinei-lhes um pouco de inglês básico com jogos de palavras à tarde.

Joaquim: Eu tenho certeza que o inglês provavelmente foi muito difícil para eles.

Samuel: Surpreendentemente, eles estavam todos muito ansiosos para aprender. Honestamente, fiquei impressionado.

Joaquim: Isso é ótimo. O que você ensinou a eles?

Samuel: As crianças adoram repetir as coisas em voz alta! Às vezes eu gritava as frases e elas gritavam de volta para mim. Eu sussurrei e eles sussurraram de volta. Foi tão divertido!

Joaquim: Sabia que, quando eu fui estudante de intercâmbio, nunca tivemos aulas de inglês assim. Me deixa feliz em saber que as crianças tiveram uma experiência tão maravilhosa.

TEACHING CHILDREN

Samuel: Hi Joaquim, how was your day?

Joaquim: Hi Samuel, where have you been? I've been looking for you.

Samuel: You won't believe the interesting experience I just had. I spent the whole day with a ton of children!

Joaquim: That sounds like fun. Tell me more.

Samuel: Yes, it was a great time… but it was so exhausting! I didn't realize that kids have so much energy.

Joaquim: Where did you meet all these kids?

Samuel: At the elementary school in Chicago. I had an opportunity to visit some of their classes in the morning. After that I taught them some basic English with word games in the afternoon.

Joaquim: I'm sure English was probably very difficult for them.

Samuel: Surprisingly, they were all very eager to learn. Honestly, I was impressed.

Joaquim: That's great. What did you end up teaching them?

Samuel: The kids love to repeat things out loud! Sometimes I yelled out the sentences, and they yelled back at me. I whispered, and they whispered back. It was so much fun!

Joaquim: You know, when I was a foreign exchange student, we never had English lessons like that. It makes me happy the children had such a wonderful experience.

30. Diversão Com Tênis – Fun With Tennis

Alma: Flávio, você poderia me mostrar como segurar a raquete?

Flávio: Claro Alma, é como quando apertamos as mãos. Estenda a mão como se estivesse prestes a apertar minha...

Alma: Assim?

Flávio: Isso. Agora, coloque a raquete na sua mão, assim.

Alma: Agora estou pronta para bater na bola como uma profissional!

Flávio: Haha, quase! Lembre-se do que eu te disse. Existem apenas dois tipos de movimento, o para frente e o para trás.

Alma: Ok, eu lembro. Você disse para sacar para frente, pela minha direita, é como acertar uma bola de pingue-pongue.

Flávio: Isso mesmo. Experimente agora. Você está pronta? Acerte essa!

Alma: Opa! Eu errei essa!

Flávio: Tudo bem, tente novamente.

Alma: Ah, entendi. Deixe-me tentar de novo...

Flávio: Aí vem outra bola... Uau! Você bateu sobre a cerca! Você é uma mulher muito poderosa.

Alma: Haha Eu acho que preciso praticar mais!

Fun With Tennis

Alma: Flávio, could you show me how to hold the racket?

Flávio: Sure Alma, it's just like when we shake hands. Hold your hand out as if you were about to shake my hand...

Alma: Just like this?

Flávio: Yes, just like that. Now, put the racket in your hand, like this.

Alma: Now I'm ready to hit the ball like a professional!

Flávio: Haha, almost! Remember what I told you. There are only two types of swings, the forehand and the backhand.

Alma: Ok, I remember. You said hitting a forehand, starting on my right, is like hitting a ping pong ball.

Flávio: That's right. Give it a try now. Are you ready? Hit this!

Alma: Oops! I completely missed it!

Flávio: That's alright, try again.

Alma: Oh, I see. Let me try again...

Flávio: Here comes another ball... Wow! You hit it over the fence! You're a very powerful lady.

Alma: Haha. I guess I need to practice more!

31. Vivendo Na Califórnia – Living In California

Jéssica: Está tão frio esta manhã.

Tatiana: Com certeza. Logo cedo, pela manhã, tive que borrifar o para-brisa do meu carro, porque estava coberto de gelo.

Jéssica: Eu nunca teria pensado que poderia ser tão frio no início de dezembro, especialmente na Califórnia.

Tatiana: Eu sei. A temperatura foi de 40 graus Fahrenheit quando acordei esta manhã. Eu estava congelando assim que saí da cama. O tempo frio definitivamente não foi uma surpresa agradável.

Jéssica: Não me lembro quando realmente fez tanto frio em dezembro.

Tatiana: O pior é que vai chover esta tarde. Vai estar frio e molhado!

Jéssica: Eca! Vai chover esta tarde?

Tatiana: Não só esta tarde, mas também todo o resto da semana. O jornal disse que começaria a chuviscar pouco antes do meio-dia, e então choveria muito às quatro horas.

Jéssica: Eu acho que não há chances do clima melhorar esta semana, não é mesmo?

Tatiana: Há uma pequena chance de sol até o sábado. No entanto, estará nublado, com ventania e chuvoso antes do sol sair neste fim de semana.

Jéssica: Fico feliz quando chove, embora eu não goste de tempo chuvoso. Estamos com um clima muito seco até agora este ano.

Tatiana: Sim, mal consigo lembrar quando choveu da última vez. Bem, desde que não haja trovões ou relâmpagos, eu consigo aguentar.

Jéssica: Nós raramente temos trovões ou relâmpagos na Califórnia.

Tatiana: Temos muita sorte de a Califórnia ter uma das melhores condições climáticas da América do Norte.

Jéssica: Você está certa, existem lugares piores que poderíamos estar vivendo. Bom, a aula vai começar agora. Nos vemos mais tarde.

Tatiana: Até mais tarde.

Living In California

Jéssica: It is so chilly this morning.

Tatiana: It certainly is. Early this morning I had to spray my car's windshield because it was covered with frost.

Jéssica: I never would have thought it could be this cold in early December, especially in California.

Tatiana: I know. The temperature was 40 degrees Fahrenheit when I woke up this morning. I was freezing as soon as I got out of bed. The cold weather was definitely not a nice surprise.

Jéssica: I can't remember when it was actually this cold in December.

Tatiana: What's worse is that it's going to rain this afternoon. It's going to be cold and wet!

Jéssica: Yuck! It's going to rain this afternoon?

Tatiana: Not just this afternoon, but also the entire rest of the week. The news said that it would start to drizzle just before noon, and then it would rain really hard by four o'clock.

Jéssica: I'm guessing there's no sign of better weather this week?

Tatiana: There is a slim chance of sunshine by Saturday. However, it will be foggy, windy, and rainy before the sun comes out this weekend.

Jéssica: I am glad that it rains even though I do not like rainy weather. We have a very dry season so far this year.

Tatiana: Yes, I can hardly remember when it rained last time. Well, as long as there is no thunder or lightning, I can stand it.

Jéssica: We rarely have thunder or lightning in California.

Tatiana: We are very lucky that California has one of the best weather conditions in America.

Jéssica: You are right, there are worse places we could be living. Alright, class is starting right now so I'll see you later.

Tatiana: See you later.

32. Assando – Baking Goodness

Clara: Mãe, o que você está cozinhando? Que cheiro bom.

Sra. Silva: Estou fazendo alguns bolos. E o seu favorito: bolo de cenoura.

Clara: Parece delicioso. E eu também vejo muffins. Você tem estado ocupada, não tem?

Sra. Silva: Sim. Daniel tem que levar alguns para uma festa de aniversário amanhã. Então, esses bolinhos são só para ele. Não os coma.

Clara: Posso comer um pedaço de bolo de cenoura? Eu quero aproveitar enquanto ainda está quente.

Sra. Silva: Você não quer esperar até depois do jantar?

Clara: O bolo está me chamando, "Clara, me coma ... me coma ..." Não, eu não quero esperar. Posso mãe?

Sra. Silva: Ha ha ... Ok, vá em frente.

Clara: Oba! Então, o que temos para o jantar hoje à noite?

Sra. Silva: Eu vou fazer carne assada e sopa de cogumelos.

Clara: Já faz muito tempo desde que você fez sopa de cogumelos. Você precisa de ajuda, mãe?

Sra. Silva: Não, faça sua lição de casa e deixe a comida para mim.

Clara: Obrigada, mãe. Me chama assim que o jantar estiver pronto. Eu não quero me atrasar para carne assada, sopa de cogumelos, bolo de cenoura e muffins.

Sra. Silva: Os muffins são para Daniel. Não toque neles!

Clara: Eu sei, mãe. Estou apenas brincando.

BAKING GOODNESS

Clara: Mom, what are you cooking? It smells so good.

Mrs. Kelly: I am baking cakes. This is your favorite carrot cake.

Clara: It looks scrumptious. And I see muffins some over there too. You have been busy, haven't you?

Mrs. Kelly: Yes. Daniel has to take some to a birthday party tomorrow. So, those muffins are just for him. Don't eat them.

Clara: Can I have a piece of carrot cake? I want to enjoy life right now.

Mrs. Kelly: You don't want to wait until after dinner?

Clara: The cake is calling my name, "Clara, eat me... eat me..." No, I don't want to wait. Can I, mom?

Mrs. Kelly: Ha ha... Ok, go ahead.

Clara: Yum! So what's for dinner tonight?

Mrs. Kelly: I will make roast beef and cream of mushroom soup.

Clara: It has been a long time since you made cream of mushroom soup. Do you need any help, mom?

Mrs. Kelly: No, go do your homework and leave the cooking to me.

Clara: Thanks, mom. Call me whenever dinner is ready. I do not want to be late for roast beef, cream of mushroom soup, carrot cake and muffins.

Mrs. Kelly: The muffins are for Daniel. Do not touch them!

Clara: I know, mom. I'm just kidding.

33. Ajuda No Telefone – Help Over The Phone

Giovana: Obrigada por ligar para o Centro Recreativo de Esportes. Como posso ajudá-la?

Carmela: Eu comprei uma bicicleta ergométrica na sua loja há alguns meses e estou tendo problemas com ela. Ela parou de funcionar e eu preciso consertá-la.

Giovana: Deixe-me transferi-la ao departamento de serviço. Um momento por favor.

Angela: Departamento de serviço, aqui é a Angela. Como posso ajudá-la?

Carmela: Eu comprei uma bicicleta de exercício no Centro Esportivo no ano passado e ela precisa ser consertada.

Angela: O que parece ser o problema?

Carmela: Eu não sei o que aconteceu, mas a tela do monitor está preta e não liga mais.

Angela: Você tentou pressionar o botão Iniciar?

Carmela: Sim, e nada liga.

Angela: Qual é o modelo da bicicleta?

Carmela: É uma Skull Crusher 420Z +, é o único com a cesta muito legal na frente.

Angela: Posso enviar um técnico para dar uma olhada na sua bicicleta. Vai custar US $ 5.000,00 pelo trabalho. Além disso, se tivermos que substituir qualquer peça, isso será extra. Soa como um acordo?

Carmela: Está muito caro. O custo de reparação não é coberto pela garantia?

Angela: Quando você comprou sua bicicleta?

Carmela: Cerca de 3 meses atrás.

Angela: Sinto muito. A garantia padrão cobre apenas 1 mês. Você optou por uma garantia extra no momento da compra?

Carmela: Não. Existem outras opções além de pagar $ 5.000,00 por mão-de-obra de reparo?

Angela: Infelizmente, não.

Carmela: Droga.

HELP OVER THE PHONE

Giovana: Thank you for calling Sports Recreation Center. How may I help you?

Carmela: I purchased an exercise bike from your store a couple months ago, and I am having problems with it. It stopped working and I need to have it repaired.

Giovana: Let me connect you to the Service department. One moment please.

Angela: Service department, this is Angela. How can I help you?

Carmela: I bought an exercise bike from Sports Center last year and it needs to be repaired.

Angela: What seems to be the problem?

Carmela: I am not what happened, but the computer screen is black and doesn't turn on anymore.

Angela: Did you try to press the Start button?

Carmela: Yes, and nothing turns on.

Angela: What is your bike model?

Carmela: It is a Skull Crusher 420Z+, it's the one with the really cool basket in the front.

Angela: I can send a technician out to take a look at your bike. It will cost $5,000.00 for labor. Also, if we have to replace any parts, that will be extra. Sound like a deal?

Carmela: That is expensive. Isn't the repair cost covered by warranty?

Angela: When did you purchase your bike?

Carmela: About 3 months ago.

Angela: I am sorry. The standard warranty only covers 1 month. Did you buy extra warranty coverage at the time of purchase?

Carmela: No, I did not. Are there any other options besides paying $5,000.00 for repair labor?

Angela: No, I am afraid not.

Carmela: Damnit.

34. Vamos A Um Concerto – Let's Go To A Concert

Tobias: E aí, Danielle, Eduardo, há um show no parque hoje à noite com uma ótima apresentação. Vocês querem ir?

Danielle: Eu não trabalho esta noite, então eu definitivamente posso ir.

Eduardo: Eu também, vamos!

Danielle: A rua está lotada de carros hoje à noite...

Eduardo: Sim, por que o trânsito está tão grande?

Tobias: As pessoas provavelmente estão indo em direção ao parque para o show. É uma banda muito popular e eles tocam músicas muito boas.

Danielle: Sim, eles tocam muito. Nos últimos quatro anos, nunca perdi um dos shows deles. Toda vez que descubro que a banda está vindo para a cidade, compro um ingresso imediatamente.

Eduardo: Há quanto tempo a banda começou a tocar aqui localmente?

Danielle: Eles começaram uma tradição há seis anos e agora todos os anos eles tocam toda primeira semana de junho.

Tobias: Eduardo, você realmente vai aproveitar esta noite. Haverá música boa, muito pulo e definitivamente muita gritaria. Eles podem até fazer uma rodinha.

Eduardo: Estou ansioso, parece muito divertido.

Danielle: Gosto muito de rap gangster; no entanto, devo dizer que a música country pode ser agradável de se ouvir. Surpreendentemente, posso ouvi-la durante todo o dia.

Tobias: Eduardo, que tipo de música você gosta?

Eduardo: Oh, eu gosto de todos os tipos de música, desde que não seja agressivo.

Danielle: Nossa, o estádio está cheio de gente! Estou surpresa com o número de pessoas que já chegaram ao show. Já é uma boa coisa estarmos aqui!

LET'S GO TO A CONCERT

Tobias: Hey Danielle, Eduardo, there is a concert in the park tonight with a great line up. Do you want to go?

Danielle: I don't work tonight so I can definitely go.

Eduardo: Me too, let's go!

Danielle: There's a ton of cars out tonight...

Eduardo: Yea, why is the traffic so heavy?

Tobias: People are probably heading toward the park for the concert. It's a very popular band and they play really good music.

Danielle: Yes, they do. For the last four years, I have never missed one of their concerts. Every time I find out that the band is coming to town I buy a ticket right away.

Eduardo: How long ago did the band start playing here locally?

Danielle: They started a tradition six years ago and now every year they play the whole first week of June.

Tobias: Eduardo, you are really going to enjoy this evening. There will be good great music, a lot of jumping around, and definitely a lot of shouting. They may even have a mosh pit.

Eduardo: I can't wait, it sounds like a lot fun.

Danielle: My favorite is gangster rap music; however, I have to say that country music can be pleasant to listen to. Surprisingly, I can listen to it all day long.

Tobias: Eduardo, what kind of music do you like?

Eduardo: Oh, I like all kinds of music as long as it is not aggressive.

Danielle: Wow, the stadium is packed with people! I'm surprised at the number of people who have already shown up for the concert. It's a good thing we're here already!

35. Fazendo Planos – Making Plans

Cláudia: Lisa, diga-me... Quais são seus planos para o próximo fim de semana?

Lisa: Eu não sei. Você quer se reunir e fazer alguma coisa?

Sarah: O que vocês acham de assistirmos um filme? O AMC 24 na Parker Road está passando o *Se Beber Não Case.*

Cláudia: Eu tenho vontade de ver esse! Você leu a minha mente!. Vocês querem sair antes para jantar?

Sarah: Tudo bem comigo. Onde vocês querem se encontrar?

Lisa: Vamos nos encontrar no Red Rooster House. Já faz um tempo desde que eu estive lá.

Cláudia: Mais uma boa idea. Ouvi dizer que acabaram de sair com uma nova massa. Deve ser boa porque o Red Rooster House sempre tem a melhor comida italiana da cidade.

Sarah: Quando devemos nos encontrar?

Lisa: Bem, os horários do filme são às 13:00, 14:00, 16:00 u 18:00.

Cláudia: Por que não vamos na sessão das 16:00? Podemos nos encontrar no Red Rooster House às 13h. Isso nos dará tempo suficiente.

MAKING PLANS

Cláudia: Lisa, tell me… What are your plans for this upcoming weekend?

Lisa: I don't know. Do you want to get together and do something?

Sarah: How do you feel about going to see a movie? AMC 24 on Parker Road is showing *If You Leave Me, I Delete You.*

Cláudia: I've been wanting to see that! It's like you read my mind. Do you want to go out to dinner beforehand?

Sarah: That's fine with me. Where do you want to meet?

Lisa: Let's meet at the Red Rooster House. It's been a while since I've been there.

Cláudia: Good idea again. I heard they just came out with a new pasta. It should be good because Red Rooster House always has the best Italian food in town.

Sarah: When should we meet?

Lisa: Well, the movie is showing at 1:00PM, 2:00PM, 4:00PM and 6:00PM.

Cláudia: Why don't we go to the 4:00PM show? We can meet at Red Rooster House at 1PM. That will give us enough time.

36. Recesso De Inverno – Winter Break

Heitor: Ei André, se você estiver pronto para ir, jogue todas as suas coisas no porta-malas e sente-se no banco da frente.

André: Tudo certo, Heitor. Obrigado por me dar uma carona para casa. Normalmente meus pais me buscam, mas eles tiveram que trabalhar até tarde hoje à noite.

Heitor: Não se preocupe, fico feliz em poder ajudar.

André: A propósito, quando vai ser o nosso próximo jogo de basquete?

Heitor: Em algum momento depois das férias de inverno, mas de qualquer maneira, ainda falta muito tempo. Você já fez algum plano para o recesso?

André: Na verdade, não. Além de praticar basquete, vou trabalhar.

Heitor: Trabalhando? Você conseguiu um novo emprego ou ainda está trabalhando no Twisters?

André: Bem, Twisters foi bom para um primeiro trabalho e as pessoas foram ótimas. No entanto, o cronograma era muito exigente, o que dificultava a ida à escola e ao trabalho.

Heitor: Bem, o que você está fazendo agora no seu novo emprego?

André: Estou trabalhando em vendas de tecnologia. É em um call center. Foi um pouco difícil no começo, mas agora estou me acostumei a falar com estranhos ao telefone.

Heitor: Ah, parece legal. Quando você começou o novo trabalho?

André: Estou na Techmerica desde 1º de outubro. Você tem planos para o recesso?

Heitor: Estou planejando uma viagem de snowboard para Aspen. Você deveria vir se não estiver muito ocupado no novo emprego.

André: Ah, parece divertido! Obrigado pelo convite.

WINTER BREAK

Heitor: Hey André, if you're ready to go just throw your all of your stuff in the trunk and ride in the front seat.

André: Alright, Heitor. Thank you for giving me a ride home. Usually my parents pick me up, but they had to work late tonight.

Heitor: No worries, I'm glad I could help.

André: By the way, when is our next basketball game?

Heitor: It is sometime after winter break, but anyways it's a long time from now. Have you made any plans for the break though?

André: Not really. Other than going to basketball practice, I'll just be working.

Heitor: Working? Did you get a new job or are you still working at Twisters?

André: Well, Twisters was a good first job and the people were really great to work with. However, the schedule was very demanding which made it difficult to go to school and work.

Heitor: Well, what are you doing now at your new job?

André: I am working in technology sales. It's at a call center. It was a little difficult at first, but now I am used to talking to strangers on the phone.

Heitor: Oh, that sounds great. When did you start the new job?

André: I have been with Techmerica since October 1st. Do you have any plans for break?

Heitor: I am planning a snowboarding trip to Aspen. You should come if you're not too busy at the new job.

André: Oh, that sounds like fun! Thank you for the invitation.

37. Visitando o Médico – Visiting The Doctor

Médico: Bom dia, Amélia.

Amélia: Bom dia, doutor.

Médico: Olhando para as suas informações, vejo que você começou a se sentir cansada há um mês e depois começou a ter enxaquecas.

Você também teve uma dor de estômago e febre, correto?

Amélia: Não, doutor.

Médico: Deixe-me fazer um rápido check-up.

Médico: Por favor, respire fundo, prenda a respiração e depois expire. Mais uma vez, por favor.

Médico: Você já fez alguma mudança na sua dieta, visto a mudança do seu peso recentemente?

Amélia: Eu perdi cinco quilos recentemente, mas não mudei minha dieta.

Médico: Por acaso você sofre de insônia?

Amélia: É difícil para mim adormecer quando vou para a cama. Eu também acordo muito durante a noite.

Médico: Você bebe ou fuma cigarros?

Amélia: Não.

Médico: Parece que você tem pneumonia. Além disso, não vejo nenhum outro problema. Por enquanto, descanse um pouco e faça algum exercício.

Vou lhe dar uma receita para a pneumonia. Você é alérgica a algum medicamento?

Amélia: Não que eu saiba.

Médico: Tudo bem. Tome este medicamento três vezes ao dia depois de comer.

Amélia: Obrigado, doutor.

Médico: De nada.

VISITING THE DOCTOR

Doctor: Good morning, Amélia.

Amélia: Good morning, Doctor.

Doctor: Looking at your information, I see that you started feeling tired about a month ago, and then you started having migraines.

You have also had an upset stomach and fever?

Amélia: No, doctor.

Let me do a quick physical checkup.

Please take a deep breath, hold your breath, and then exhale. One more time please.

Have you made any changes to your diet seen fluctuation in your weight recently?

Amélia: I lost five pounds recently, but I haven't changed my diet at all.

Doctor: By chance do you suffer from insomnia?

Amélia: It is difficult for me to fall asleep when I go to bed. I also wake up a lot during the night.

Doctor: Do you drink or smoke cigarettes?

Amélia: No.

Doctor: It appears that you have pneumonia. Besides that, I do not see any other problems. For now, get some rest and do some exercise.

I am going to give you a prescription for the pneumonia. Are you allergic to any medications?

Amélia: Not that I am aware of.

Doctor: Alright. Take this medication three times a day after you eat.

Amélia: Thank you, Doctor.

Doctor: You are welcome.

38. O Mercado – The Market

Laura: Joyce, antes de minha mãe sair para o trabalho esta manhã, ela me pediu para fazer compras. O problema é que preciso terminar meu projeto escolar. Você pode ir para mim?

Joyce: Eu terminei minhas tarefas, para poder ir à loja para você. O que mamãe quer que você compre?

Laura: Além de frango, peixe e legumes, podemos comprar o que mais quisermos para lanches e café da manhã. Ela basicamente queria que eu comprasse mantimentos suficientes para a semana inteira.

Joyce: Tem alguma coisa específica que você queira para o café da manhã?

Laura: Eu acho que um pouco de aveia, como sempre.

Joyce: Eu não quero aveia todos os dias. Eu vou comprar algumas panquecas e calda.

Laura: Se você conseguir encontrá-las, traga as novas panquecas sem glúten na seção de saúde, por favor. Eu quero ver se tem um gosto diferente.

Joyce: Ainda há café e creme suficientes para mamãe e papai?

Laura: Sim. Na verdade, compre leite também. Está acabando.

Joyce: Certo. O que você quer para lanches?

Laura: Pode comprar alguns salgadinhos. Você provavelmente vai querer seus biscoitos de chocolate.

Joyce: Conhecendo a mim mesma, provavelmente é melhor que eu escreva tudo isso, senão vou esquecê-las quando chegar ao mercado. Eu odiaria ter que fazer duas viagens!

THE MARKET

Laura: Joyce, before mom left for work this morning she asked me to go grocery shopping. The problem is that I need to finish my school project. Can you go for me?

Joyce: I am finished with my chores, so I can go to the store for you. What did mom want you to buy?

Laura: Besides chicken, fish and vegetables, we can buy whatever else we want for snacks and breakfast. She basically wanted me to buy enough groceries for the entire week.

Joyce: Is there anything specifically you want for breakfast?

Laura: I guess some oatmeal as usual.

Joyce: I don't want oatmeal every day. I will buy some pancakes and syrup then.

Laura: If you can find it, get the new gluten free pancakes in the health section please. I want to see if it tastes any different.

Joyce: Is there still enough coffee and cream for mom and dad?

Laura: Yes, we do. In fact, you should buy some milk also. We almost out of it.

Joyce: Next, what do you want for snacks?

Laura: Some chips would be fine with me. You probably want your chocolate cookies.

Joyce: Knowing myself it's probably better that I write all these things down or else I will forget them by the time I get to the market. I would hate to have to make two trips!

39. Vamos Comprar Um Apartamento – Let's Get An Apartment

Rafael: Ei, Alexandre. O que você está fazendo aqui?

Alexandre: Estou procurando um apartamento para alugar. O que você está fazendo aqui? Você está procurando um apartamento também?

Rafael: Sim. A casa dos meus pais é muito longe. Queria um lugar mais próximo da escola e do meu trabalho.

Alexandre: Faz sentido. Eu ainda não decidi se quero ficar nos dormitórios ou pegar meu próprio apartamento.

Rafael: Então, o que você está procurando?

Alexandre: Eu não preciso de muito, para ser honesto. Tudo que eu quero é um lugar grande o suficiente para minha cama e mesa. Claro, ele precisa ter uma cozinha para que eu possa fazer minhas refeições e economizar um pouco de dinheiro.

Rafael: Quase a mesma coisa que eu estou procurando também. Eu não posso trabalhar em tempo integral como fiz durante o verão. Vou passar a maior parte do tempo estudando, então não poderei trabalhar tanto. Tudo que eu preciso é de um lugar seguro, quieto e limpo.

Alexandre: A outra questão é pagar por um apartamento inteiro para mim. A maioria dos lugares que vi são muito caros.

Rafael: Você já pensou em dividir? Se você quiser, podemos encontrar um apartamento de dois quartos e compartilhá-lo. Pode ficar mais barato assim.

Alexandre: Isso poderia resolver o nosso problema. Você quer tentar?

Rafael: Sim, isso pode ser uma ótima ideia. Vamos dar uma olhada em algum e ver se gostamos.

Let's Get An Apartment

Rafael: Hey, Alexandre. What are you doing here?

Alexandre: I am looking for an apartment to rent. What are you doing here? Are you looking for an apartment also?

Rafael: Yes. My parents' house is really far away so I'd like to find an apartment that is closer to school and my job.

Alexandre: Ok, that makes sense. I still haven't decided if I want to stay in the dorms or get my own apartment.

Rafael: So, what are you looking for?

Alexandre: I don't need much to be honest. All I need is a place big enough for my bed and desk. Of course, it needs to have a kitchen so that I can cook my meals and save a little bit of money.

Rafael: That sounds like what I'm looking for too. I can't work full-time like I did during the summer. I will be spending most of my time studying so I won't be able to work as much. All I need is something safe, quiet and clean.

Alexandre: The other issue is paying for an entire apartment for myself. Most places I have seen are very expensive.

Rafael: Have you thought about sharing an apartment? If you want, we can find a two-bedroom apartment and share it. It may be cheaper that way.

Alexandre: That could solve our problem. Do you want to try it?

Rafael: Yes, that could be a great idea. Let's go check this one out and see if we like it.

40. A Barraca da Concessão – The Concesssion Stand

Tobias: Há uma barraca de comida ali. Vocês dois querem alguma coisa?

Danielle: Nada para mim, obrigada. Eu já tenho minha garrafa de água.

Eduardo: Eu quero um saco de batatas fritas e uma cerveja gelada. Tem certeza de que não quer um cachorro quente, Danielle?

Danielle: Não, obrigada. Minha mãe está preparando um bom jantar de carnes e quero ter certeza de que não vou comer demais aqui.

Eduardo: Danielle, você é tão sortuda por ter uma cozinheira tão boa como mãe. Tobias, você tem que provar a torta de mirtilo dela um dia desses. Sério, não tem torta melhor em toda a cidade.

Danielle: Na verdade, minha mãe vai fazer a torta de mirtilo hoje à noite! Se quiser, eu guardo um pedaço para você, Tobias.

Tobias: Não me provoque! Eu adoraria um pedaço, se conseguir.

Danielle: E você, Eduardo? Um pedaço para você também?

Tobias: Eduardo, é melhor você pegar seus lanches e cerveja agora, se ainda quiser. São quase 3:00 da tarde e o show está prestes a começar.

Eduardo: Última chance de conseguir alguma coisa. Certeza de que não querem nada?

Danielle: Tenho certeza, obrigada Eduardo.

Tobias: Nem eu, Eduardo.

Eduardo: Beleza. Guardem meu lugar que já volto.

THE CONCESSION STAND

Tobias: There is a food stand over there. Do you two want anything?

Danielle: Nothing for me, thanks. I already have my bottle of water.

Eduardo: I want a bag of chips and a cold beer. Are you sure you do not want a hot dog, Danielle?

Danielle: I am quite sure. My mom is cooking a good steak dinner, and I want to make sure I don't eat too much here.

Eduardo: Danielle, you are so lucky to have such a good cook for a mother. Eduardo, you have to taste her blueberry pie one of these days. Honestly, there's no better pie in this whole town.

Danielle: In fact, my mom is baking her blueberry pie tonight! I you would like, I will save you a piece, Eduardo.

Tobias: Don't tease me with a good time! I would love that.

Danielle: How about you, Tobias? A piece of cake for you too?

Tobias: Tobias, you better get your snacks and beer now if you still want them. It is almost 3:00PM, and the show is about to start.

Eduardo: Last chance to get something. Are you guys sure you don't want anything?

Danielle: I am sure, thank you Tobias.

Tobias: Me neither, Tobias.

Eduardo: Ok, save my seat and I will be right back.

41. Hora Do Almoço – Lunchtime

Emília: Patrícia, você pode me emprestar seu celular para ligar para minha mãe depois do almoço?

Patrícia: Sim, claro, Emília. Não se esqueça de dizer a ela que mandamos um oi.

Maíra: Emília, você poderia passar a pimenta, por favor?

Emília: Claro. Aqui está.

Maíra: E o sal também, por favor. Obrigada.

Emília: De nada.

Patrícia: Vocês se importariam se parássemos na livraria Strand a caminho do filme?

Emília: Não, de forma alguma.

Maíra: Ouvi dizer que eles têm uma nova seleção de livros. Adoraria parar e dar uma olhada.

Patrícia: Eu pedi muita comida. Alguém gostaria de experimentar um pouco?

Emília: Sim, eu quero. Parece delicioso.

Patrícia: E você, Maíra?

Maíra: Não, obrigada. Já tenho comida suficiente.

Emília: Patrícia, você gostaria de provar uma das minhas fajitas?

Patrícia: Sim, por favor.

Emília: Toma. Você quer outra?

Patrícia: Ah, isso é mais que suficiente! Obrigada.

Maíra: Eu imagino que todas já terminanos de comer? Deveríamos sair agora para evitar o trânsito; senão nos atrasaremos.

Patrícia: Eu estou pronta para sair quando vocês estiverem.

Emília: Eu também. Vamos.

LUNCHTIME

Emília: Patrícia, May I borrow your cell phone to call my mother after lunch?

Patrícia: Yes, of course, Emília. Don't forget to tell her we said hello.

Maíra: Emília, could you pass the pepper, please?

Emília: Certainly, here you are.

Maíra: And the salt too, please. Thank you.

Emília: You're welcome.

Patrícia: Would either of you mind if we stop by Strand Bookstore on the way to the movie?

Emília: No, not at all.

Maíra: I heard they have a new book selection so I would love to stop by and check it out.

Patrícia: I ordered too much food. Would anybody care to try some of my food?

Emília: Yes, I would like some. It looks delicious.

Patrícia: How about you, Maíra?

Maíra: No, thank you. I have enough food already.

Emília: Patrícia, would you like to taste one of my fajitas?

Patrícia: Yes, please.

Emília: Here you go. Do you want another?

Patrícia: Oh, that is more than enough! Thank you.

Maíra: I imagine we are all finished eating? We should leave now to avoid the traffic; otherwise we will be late.

Patrícia: I am ready to leave whenever you all are.

Emília: So am I. Let's go.

42. Procurando Emprego – Searching For A Job

Matilda: Oi Paulo, que bom te ver.

Paulo: Você também, Matilda. Já faz muito tempo desde a última vez que te vi.

Matilda: Sim, a última vez que nos vimos foi no Halloween. Como estão as coisas?

Paulo: Eu estou bem. Seria melhor se eu tivesse um novo emprego.

Matilda: Por que procura um novo emprego?

Paulo: Bem, me formei na semana passada. Agora, quero conseguir um emprego na área de finanças.

Matilda: Há quanto tempo você está procurando emprego?

Paulo: Eu comecei esta semana.

Matilda: Você preparou um currículo, certo?

Paulo: Sim.

Matilda: Eu não me preocuparia então. Você tem muita ambição e eu sei que você vai colocar toda a sua energia em conseguir o que quer. Além disso, o mercado de trabalho está muito bom agora, e todas as empresas precisam de analistas financeiros.

Paulo: Eu espero que sim. Obrigado pelo conselho.

SEARCHING FOR A JOB

Matilda: Hi Paolo, it is good to see you.

Paolo: Same here, Matilda. It has been a long time since I last saw you.

Matilda: Yes, the last time we saw each other was around Halloween. How is everything?

Paolo: I am doing OK. It would be better if I had a new job.

Matilda: Why are looking for a new job?

Paolo: Well, I graduated last week. Now, I want to get a job in the Finance field.

Matilda: Have you been looking for a new job for a while?

Paolo: I just started this week.

Matilda: You have prepared a resume, right?

Paolo: Yes.

Matilda: I wouldn't worry then. You have a lot of ambition and I know you will put all of your energy into getting what you want. Besides, the job market is really good right now, and all companies need financial analysts

Paolo: I hope so. Thank you for the advice.

43. Entrevista De Emprego – Job Interview

Hugo: Bem-vindo Murilo. Vamos começar a entrevista. Você está pronto?

Murilo: Sim, estou.

Hugo: Ótimo. Antes de tudo, deixe-me apresentar-me adequadamente. Eu sou o Gerente de Logística da empresa. Eu preciso de alguém para uma vaga de nível inicial o mais rápido possível.

Murilo: Maravilha. Você poderia me falar um pouco sobre a posição e suas expectativas?

Hugo: O novo funcionário terá que trabalhar junto com o departamento de produção. Há também um requisito para lidar com o banco diariamente.

Murilo: Que tipo de qualificações você precisa?

Hugo: Eu preciso de um diploma universitário de quatro anos em administração de empresas. Alguma experiência anterior de trabalho seria útil.

Murilo: Que tipo de experiência você está procurando?

Hugo: Trabalho geral em escritório está ótimo. Eu não preciso de muita experiência. Haverá treinamento no trabalho para a pessoa certa.

Murilo: Isso é ótimo!

Hugo: Quais são seus pontos fortes? Por que eu deveria contratar você?

Murilo: Eu sou uma pessoa trabalhadora e aprendo rápido. Tenho facilidade em aprender e me dou bem com todos.

Hugo: Certo. Você não se importa em trabalhar longas horas, não é?

Murilo: Não, de forma alguma.

Hugo: Você consegue lidar com pressão?

Murilo: Sim. Quando eu estava na faculdade, eu fazia 5 matérias a cada semestre enquanto trabalhava pelo menos vinte e cinco horas por semana.

Hugo: Você tem alguma pergunta outra para mim?

Murilo: Não, acho que tenho um bom entendimento do trabalho.

Hugo: Ok, Murilo. Foi um prazer conhecer você. Obrigado por ter vindo.

Murilo: Prazer em conhecê-lo também. Obrigado por me receber.

Job Interview

Hugo: Welcome Murilo. Let's start the interview. Are you ready?

Murilo: Yes, I am.

Hugo: Great. First of all, let me properly introduce myself. I am the company Logistics Manager. I need to fill an entry-level position as soon as possible.

Murilo: Wonderful. Could you tell me a little bit about the position and your expectations?

Hugo: The new employee will have to work closely with the manufacturing department. There is also a requirement to deal with the bank on a daily basis.

Murilo: What type of qualifications do you require?

Hugo: I require a four-year college degree in business administration. Some previous work experience would be helpful.

Murilo: What kind of experience are you looking for?

Hugo: General office work is fine. I do not require a lot of experience. There will be on the job training for the right person.

Murilo: That is great!

Hugo: What are your strengths? Why should I hire you?

Murilo: I am a hard-working person and a fast learner. I am very eager to learn, and I get along fine with everyone.

Hugo: Alright. You do not mind working long hours, do you?

Murilo: No, I do not mind at all.

Hugo: Can you handle pressure?

Murilo: Yes. When I was going to school, I took 5 courses each semester while working at least twenty-five hours every week.

Hugo: Do you have any questions for me at this time?

Murilo: No, I think I have a pretty good understanding of the job.

Hugo: Ok, Murilo it was nice meeting you. Thank you for coming.

Murilo: Nice meeting you too. Thank you for seeing me.

44. Fazendo Uma Apresentação – Giving A Presentation

Célia: Vou ter que fazer uma apresentação sobre o aquecimento global na sexta-feira e estou tão nervosa.

Olga: Há muitas coisas que você pode fazer para se sentir mais confiante e menos nervosa.

Célia: O que devo fazer, Olga?

Olga: Você já fez sua pesquisa sobre o assunto?

Célia: Na verdade, tenho feito muita pesquisa sobre o assunto e sei que posso responder a quase todas as perguntas que receberei do público.

Olga: Certifique-se de criar um esboço da sua apresentação.

Célia: Você está certa. Isso me ajudará a organizar todas as informações.

Olga: Sim. Isso ajudará você a descobrir o que deve apresentar primeiro, segundo, terceiro ...

Olga: Boa ideia! É importante ter fatos para apoiar sua apresentação. Você quer que a apresentação seja credível.

Célia: Eu vou fazer isso agora mesmo! Obrigada.

Olga: Você vai ter uma ótima apresentação.

GIVING A PRESENTATION

Célia: I will have to give a presentation on global warming on Friday, and I am so nervous.

Olga: There are a lot of things you can do to make you feel more confident and less nervous.

Célia: What should I do, Olga?

Olga: Have you done your research on the topic?

Célia: In fact, I have done a lot of research on the subject, and I know I can answer almost any questions I will receive from the audience.

Olga: Make sure to create an outline of your presentation.

Célia: You're right. This will help me organize all of the information.

Olga: Yes. It will help you figure out what should present first, second, third…

Olga: Good idea! It is important to have facts to support your presentation. You want the presentation to be credible.

Célia: I'm going to do that right now! Thank you

Olga: You're going to have a great presentation.

45. Graduação – Graduation

Liz: Esse é um maravilhoso buquê de flores. Para quem é?

Annie: Estas flores são para minha irmã Silvia. Ela está se formando hoje.

Liz: Deve ter custado uma fortuna.

Annie: Eu paguei setenta dólares por elas.

Liz: Isso é muito caro.

Annie: Minha irmã trabalhou muito nos últimos quatro anos para ter o seu diploma. Para mim, gastar essa quantia de dinheiro vale a pena.

Liz: Isso é muito legal da sua parte. Eu gostaria que estivéssemos nos formando hoje. Isso é tão emocionante!

Annie: Nós só temos mais três anos e também terminaremos. Nós vamos nos formar antes de percebermos. O tempo passa muito rápido.

GRADUATION

Liz: That is a wonderful bouquet of flowers. Who is it for?

Annie: These flowers are for my sister Silvia. She is graduating today.

Liz: It must have cost you a fortune.

Annie: I paid seventy dollars for them.

Liz: That is quite expensive.

Annie: My sister worked very the last four years for her degree. To me spending that amount of money is worth it.

Liz: That is very nice of you. I wish we were graduating today. This is so exciting!

Annie: We only have another three years and we will be done also. We'll be graduating before we realize it. Time goes by very fast.

46. HALLOWEEN

Eli: Você acredita que amanhã é o Halloween, Allison? O tempo passa tão rápido! Hoje é 30 de outubro! Você já decidiu qual fantasia você vai usar?

Allison: Ainda estou indeciso. Eu quero usar uma fantasia de torradeira ou uma de rapper gangster . Eu sempre me perguntei por que é uma tradição se vestir para o Halloween.

Eli: Vestir-se faz com que o feriado fique muito mais divertido!

Allison: Sim, eu me lembro de ter me divertido muito no ano passado, quando mamãe me levou com uma roupa de gato. Você sabe do que irá se fantasiar, Eli?

Eli: Eu quero ser um esquilo!

Allison: É uma ótima ideia!

Eli: Fechado! Então você vai de rapper gangster e eu vou de esquilo. Vamos perguntar a mamãe se podemos fazer doces ou travessuras amanhã à noite sozinhos.

Allison: Ok, vamos perguntar a ela!

HALLOWEEN

Eli: Can you believe that tomorrow is Halloween Allison? Time goes by so fast! Today is October 30th! Have you already decided what costume you want to wear?

Allison: I'm still undecided. I want to wear either a toaster costume or a gangster rapper costume. I have always wondered why it's a tradition to dress up for Halloween.

Eli: Dressing up makes celebrating the holiday much more fun!

Allison: Yes, I remember having a lot of fun last year when mom took me around in a cat outfit. Do you know what you want to be yet, Eli?

Eli: I want to a chipmunk!

Allison: That's a great idea!

Eli: Great! So, you will be a gangster rapper and I will be a chipmunk. Let's go ask mom if we can go trick-or-treating tomorrow night by ourselves.

Allison: Ok, let's go ask mom!

47. Em Um Hotel – At a Hotel

Recepcionista do Hotel: Boa noite.

Eli: Olá, boa noite. Minha esposa e eu precisamos de um quarto para a noite, por favor. Por acaso você tem um disponível?

Recepcionista do Hotel: Você tem uma reserva?

Eli: Infelizmente, não temos uma reserva.

Recepcionista do Hotel: Ok. Deixe-me verificar e ver o que temos. Parece que você está com sorte. Temos apenas um quarto sobrando.

Eli: Excelente. Dirigimos o dia todo e estamos muito cansados. Nós só precisamos de um lugar para relaxar pelo resto da noite.

Recepcionista do Hotel: Este quarto deve servir muito bem então. É um quarto acolhedor com uma cama king size e cozinha completa.

Eli: Quanto é para a noite?

Recepcionista do Hotel: São $ 179 para o quarto. Tem mais alguém no quarto com vocês?

Eli: Somos apenas nós dois. Eu sei que é tarde da noite, mas há algum restaurante aberto nas proximidades?

Recepcionista do Hotel: Há um restaurante aberto por mais uma hora no hotel. Você quer pagar o quarto com um cartão de crédito?

Eli: Sim. Aqui está.

Recepcionista do Hotel: Obrigado. Tudo pronto. Aproveite o resto da noite.

At a Hotel

Hotel Receptionist: Good evening.

Eli: Hello, good evening. My wife and I need a room for the night please. By chance do you have one available?

Hotel Receptionist: Do you have a reservation?

Eli: Unfortunately, we do not have a reservation.

Hotel Receptionist: Ok. Let me check and see what we have. It looks you're in luck. We have only one room left.

Eli: Excellent. We have been driving all day and we're very tired. We just need a place to relax for the rest of the night.

Hotel Receptionist: This room should do just fine then. It is a cozy room with a king size bed and full kitchen.

Eli: How much is it for the night?

Hotel Receptionist: It's $179 for the room. Is there anyone else staying in the room with you?

Eli: It's just the two of us. I know that it's late at night, but is there any restaurant open nearby?

Hotel Receptionist: There's a restaurant open for another hour in the hotel. Do you want to pay for the room with a credit card?

Eli: Yes. Here you go.

Hotel Receptionist: Thank you. You're all set. Enjoy the rest of the night.

48. Um Estudante Estrangeiro – A Foreign Student

Diogo: Olá, você é a Sra. McNamara?

Sra. McNamara: Sim, eu sou. Você deve ser Diogo. Nós estávamos esperando por você.

Diogo: Eu deveria ter chegado há dois dias, mas meu voo para fora da Colômbia atrasou.

Sra. McNamara: Bem, fico feliz que você tenha feito isso com segurança, é o mais importante. Você gostaria de um pouco de chá?

Diogo: Adoraria um pouco, se não for muito problema. Você tem uma bela casa.

Sra. McNamara: Obrigada. Nós nos mudamos para a Califórnia da Colômbia há cinco anos e decidimos comprar esta casa. Nós absolutamente a amamos.

Diogo: Eu te trouxe um presente.

Sra. McNamara: Oh, você não deveria. Este é um lindo colar. Obrigada. Quanto tempo você pretende ficar por aqui?

Diogo: De nada. Eu pretendo ficar na Califórnia por cinco meses para praticar inglês. Estou muito animado para ir à escola de inglês e aprender.

Sra. McNamara: Bem, deixe-me mostrar seu quarto e você pode descansar. Você deve estar cansado de todas as viagens.

A Foreign Student

Diogo: Hello, are you Mrs. McNamara?

Mrs. McNamara: Yes, I am. You must be Diogo. We have been expecting you.

Diogo: I was supposed to arrive two days ago, but my flight out of Colombia was delayed.

Mrs. McNamara: Well, I'm glad that you made it safely, that's is what is most important. Would you like some tea?

Diogo: I would love some, if it's not too much trouble. You have a beautiful home.

Mrs. McNamara: Thank you. We moved to California from Colombia five years ago and decided to buy this house. We absolutely love it.

Diogo: I brought you a gift.

Mrs. McNamara: Oh, you shouldn't have. This is a beautiful necklace. Thank you. How long will you be here for?

Diogo: You're welcome. I plan to stay in California for five months to practice speaking English. I am really excited to go to the English school and learn.

Mrs. McNamara: Well, let me show you your room and you can relax. You must be tired from all of the traveling.

49. Procrastinação – Procrastination

César: Você já escreveu seu relatório de pesquisa? O prazo termina em duas semanas.

Manuela: Não, ainda não comecei a trabalhar nisso. Eu tenho muito tempo para fazer isso na próxima semana.

César: Eu lembro muito bem que foi o que você disse na semana passada e na semana anterior. Desde que você tenha muito tempo livre durante o feriado você deve fazê-lo.

Manuela: O problema é que estou com dificuldades nessa aula e acho que preciso de um tutor. Caso contrário, eu posso reprovar a matéria.

César: Eu tenho uma solução. Pare de pensar em conseguir ajuda e arrume um tutor.

Manuela: Você está certo. Eu preciso ser proativa e buscar ajuda. Eu começo a procurar amanhã.

César: Amanhã? Não, você tem que encontrar um hoje!

Manuela: Eu sei, estou apenas brincando. Eu farei isso hoje.

PROCRASTINATION

César: Have you written your research report yet? It's due in two weeks.

Manuela: No, I haven't started working on it yet. I have plenty of time to do it next week though.

César: I distinctly remember that's what you said last week and the week before that. Since you have so much free time during the holiday you should get it done.

Manuela: The problem is that I am struggling in that class and I think I might need to get a tutor. Otherwise I might fail the entire class.

César: I have a solution. Stop thinking about getting help and get a tutor.

Manuela: You're right. I need to be proactive and get help. I start looking tomorrow.

César: Tomorrow? No, you have to find one today!

Manuela: I know, I'm just kidding. I will do it today.

50. Onde Está O Meu Irmão – Where's My Brother

Clarissa: Não consigo encontrar meu irmãozinho Daniel. Eu pensei que ele estava bem atrás de mim e agora ele está desaparecido. Por favor me ajude.

Policial: Ele provavelmente se perdeu na multidão. Há muitas pessoas fazendo compras para as férias. Que tipo de roupa ele está vestindo?

Clarissa: Ele está com uma jaqueta azul e shorts pretos. Ele tem apenas 5 anos de idade.

Policial: Eu acho que o vi entrar no provador. Deixe-me ver. Ele tem cabelo loiro?

Clarissa: Sim. Você o encontrou?

Policial: Não, não era ele. Vamos verificar a loja de brinquedos ao lado.

Clarissa: Ele adora brincar com Legos, eu deveria ter pensado nisso!

Policial: Vejo muitas crianças em todos os lugares. Algum deles é seu irmão?

Clarissa: Daniel! Te encontrei! Não saia desse jeito de novo! Você quase me matou de susto!

Policial: Por favor, fique de olho nele para que isso não aconteça novamente. Pode ser perigoso passear sozinho.

Clarissa: Você está certo. Eu vou prestar mais atenção ao observá-lo.

Policial: Tudo bem. Agora vá encontrar seus pais e tenha um bom dia.

Clarissa: Obrigada, policial por toda sua ajuda.

135

WHERE'S MY BROTHER

Clarissa: I can't find my little brother, Daniel. I thought he was right behind me and now he's missing. Please help me.

Police officer: He probably got lost in the crowd. There are a lot of people shopping for the holidays. What kind of clothes is he wearing?

Clarissa: He has a blue jacket and black shorts. He's only 5 years old.

Police officer: I think I saw him go into the dressing room. Let me check. Does he have blonde hair?

Clarissa: Yes. Did you find him?

Police officer: No, that was not him. Let's check the toy store next door.

Clarissa: He loves playing with Legos, I should have thought of that!

Police officer: I see a lot of children everywhere. Are any of them your brother?

Clarissa: Daniel! There you are, don't you wander off like that again! You scared me to death!

Police officer: Please keep an eye on him so that this doesn't happen again. It can be dangerous wandering around all by himself.

Clarissa: You're right. I will take better care of watching him.

Police officer: Alright. Now go find your parents and have a good day.

Clarissa: Thank you officer for all of your help.

Conclusion

Well reader, we hope that you found these dual language dialogues helpful. Remember that the best way to learn this material is through repetition, memorization and conversation.

We encourage you to review the dialogues again, find a friend and practice your Brazilian Portuguese by role playing. Not only will you have more fun doing it this way, but you will find that you will remember even more!

Keep in mind, that every day you practice, the closer you will get to speaking fluently.

You can expect many more books from us, so keep your eyes peeled. Thank you again for reading our book and we look forward to seeing you again.

About the Author

Touri is an innovative language education brand that is disrupting the way we learn languages. Touri has a mission to make sure language learning is not just easier but engaging and a ton of fun.

Besides the excellent books that they create, Touri also has an active website, which offers live fun and immersive 1-on-1 online language lessons with native instructors at nearly anytime of the day.

Additionally, Touri provides the best tips to improving your memory retention, confidence while speaking and fast track your progress on your journey to fluency.

Check out https://touri.co for more information.

OTHER BOOKS BY TOURI

SPANISH

Conversational Spanish Dialogues: 50 Spanish Conversations and Short Stories

Spanish Short Stories (Volume 1): 10 Exciting Short Stories to Easily Learn Spanish & Improve Your Vocabulary

Spanish Short Stories (Volume 2): 10 Exciting Short Stories to Easily Learn Spanish & Improve Your Vocabulary

Intermediate Spanish Short Stories (Volume 1): 10 Amazing Short Tales to Learn Spanish & Quickly Grow Your Vocabulary the Fun Way!

Intermediate Spanish Short Stories (Volume 2): 10 Amazing Short Tales to Learn Spanish & Quickly Grow Your Vocabulary the Fun Way!

100 Days of Real World Spanish: Useful Words & Phrases for All Levels to Help You Become Fluent Faster

100 Day Medical Spanish Challenge: Daily List of Relevant Medical Spanish Words & Phrases to Help You Become Fluent

FRENCH

Conversational French Dialogues: 50 French Conversations and Short Stories

French Short Stories for Beginners (Volume 1): 10 Exciting Short Stories to Easily Learn French & Improve Your Vocabulary

French Short Stories for Beginners (Volume 2): 10 Exciting Short Stories to Easily Learn French & Improve Your Vocabulary

ITALIAN

Conversational Italian Dialogues: 50 Italian Conversations and Short Stories

PORTUGUESE

Conversational Portuguese Dialogues: 50 Portuguese Conversations and Short Stories